Sherlock Holmes

El Londres victoriano
bajo la lupa del mejor detective

Laura Manzanera

PETITS FOURS

© de esta edición:
Editorial Alma
Anders Producciones S.L., 2023
www.editorialalma.com

 @almaeditorial

© de los textos: Laura Manzanera
© de las ilustraciones: Jacobo Muñiz
Diseño de la colección: redoble.studio
Diseño de cubierta: redoble.studio
Maquetación: redoble.studio

ISBN: 978-84-19599-00-1
Depósito legal: B-13582-2023

Impreso en España
Printed in Spain

Este libro contiene papel de color natural de alta calidad que no amarillea (deterioro por oxidación) con el paso del tiempo y proviene de bosques gestionados de manera sostenible.

Todo personaje literario es fruto de un tiempo y de un lugar. Sherlock Holmes está inevitablemente ligado a la Inglaterra victoriana. El telégrafo y los periódicos, los trenes a vapor y el metro, Scotland Yard y las últimas novedades en métodos detectivescos, el opio y la cocaína son elementos habituales en sus historias. Conocer qué leían, cómo se desplazaban o en qué ocupaban su tiempo libre los contemporáneos de Conan Doyle te ayudará a entender mejor las costumbres del detective y su compañero y a disfrutar aún más de sus aventuras. Cuando las leas, o las releas, apreciarás muchos más detalles y comprenderás cosas importantes que habías pasado por alto. Dime cuándo y dónde has vivido y te diré cómo eres.

Descubre el Sherlock Holmes más elemental y enriquece tu visión sobre el investigador más famoso del mundo, un personaje de ficción que vive en el mundo real.

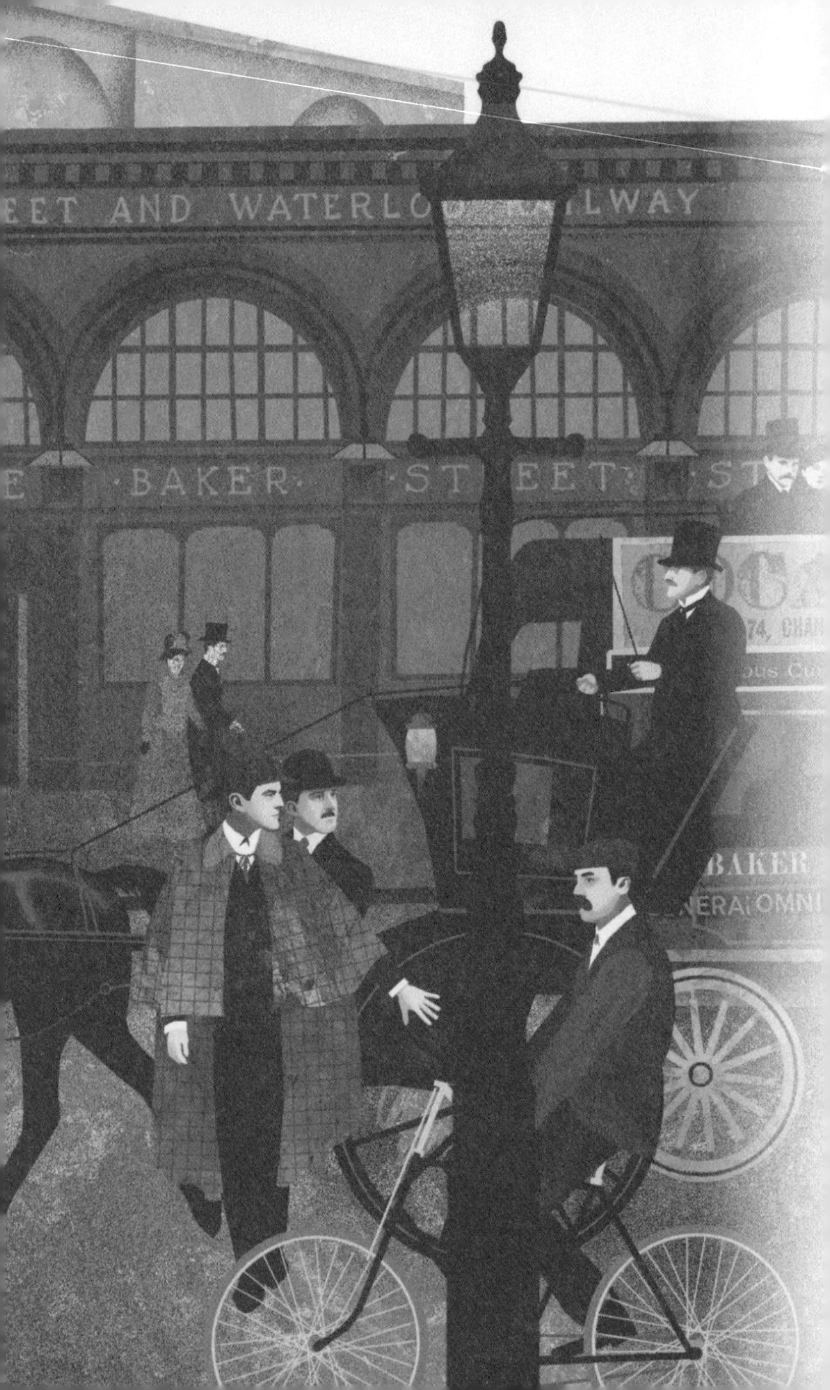
EET AND WATERLO
ILWAY
·BAKER·
BAKER

Así era en realidad la Inglaterra de Sherlock Holmes

E l siglo XIX ha pasado a la historia como sinónimo de progreso. Sin embargo, dicho calificativo no hace honor a la verdad, al menos, no a toda. Fue, en realidad, un período lleno de contradicciones, de luces y sombras. Por un lado, todo eran halagos para los adelantos científicos y tecnológicos, la industrialización y los negocios millonarios que llenaban los bolsillos a más de uno. Por otro, se daba la espalda al ejército de pobres que se hacinaban en los bajos fondos londinenses. Por una parte, estaba el rostro amable que mostraba la civilización, la buena educación y la apariencia. Por otra, en las antípodas, se exhibía la cara más oscura del alma humana encarnada, como nadie, por Jack el Destripador.

La capital del Imperio exportó su "superioridad" a medio mundo y, aunque su puerto intentaba iluminar la ciudad de la niebla, sus calles reunían todos los vicios y sus callejones acogían los crímenes más atroces. La ciudad que representa los valores puritanos era una urbe de contrastes y precisamente esa dualidad ha fascinado a artistas y escritores, como Arthur Conan Doyle.

El siglo XIX fue el siglo de las comunicaciones, que de la mano del telégrafo y del teléfono transformaron radicalmente la manera de informarse y de relacionarse. La prensa no se quedó al margen. Los periódicos aumentaron lectores, ejemplares y ganancias. Y también las revistas, en gran parte gracias a los relatos policíacos por entregas que provocaban auténtica adicción. La transformación de las comunicaciones sería ya imparable y la siguiente gran revolución la protagonizarían Internet y los *smartphones*.

Moverse por Londres se convirtió en una misión casi imposible para los más de dos millones de personas que la habitaban. La solución a tan grave problema fue desplazarse bajo tierra, así que el metro fue un invento victoriano. Mientras que los que lo hacían por el subsuelo eran legión, a nivel de calle, quienes tenían más recursos recorrían el centro en coches tirados por caballos, y las locomotoras a vapor entraban y salían de flamantes estaciones recién estrenadas. El mismo vapor impulsaba los barcos que, junto con los puentes, permitían cruzar el Támesis. La ingeniería estaba, más que nunca, al servicio de la movilidad.

La aparente moralidad decimonónica oculta no pocas sorpresas. Para empezar, circulaban las drogas: opio, láudano, cocaína... y, por supuesto, tabaco, fumado en pipa. Estupefacientes hoy ilegales se compraban fácilmente en las farmacias. Hoy se las considera sustancias peligrosas, pero entonces se trataban como saludables medicamentos con propiedades milagrosas.

El opio alimentó la imaginación de los literatos. Conan Doyle no escapó a su hechizo y, en el relato de *El hombre del labio retorcido*, situó al bueno de Sherlock en uno de esos fumaderos que habían llegado desde el Lejano Oriente.

Aunque Londres parecía un lugar seguro, los robos y homicidios iban *in crescendo*. En la ficción, policías y detectives, más que compartir la tarea de perseguir criminales, parecen competir por solucionar casos, y los primeros suelen ser quienes demuestran mayor inteligencia y sagacidad. La peculiar manera de Holmes de

resolver asesinatos, muy alejada de la de Scotland Yard, se basa en el método científico. Gracias a él, logra ver lo que nadie ve.

También desde el punto de vista de la ciencia, el siglo XIX fue innovador. El auge de técnicas más que discutibles como la frenología y el espiritismo, junto con otras de probada eficacia, como las huellas dactilares y los restos de sangre, facilitó en gran medida la identificación de sospechosos.

En las siguientes páginas conocerás la realidad histórica que esconden las cuatro novelas y los cincuenta y seis relatos protagonizados por Sherlock Holmes y el doctor Watson. A través de sus ojos, que son los de Arthur Conan Doyle, descubrirás cómo era la vida en la Inglaterra victoriana. Prepárate, porque estás a punto de observar con lupa la realidad que permanece, agazapada, tras la ficción.

Las comunicaciones

El siglo XIX estaba destinado a ser el siglo de las comunicaciones, que mejoraron a marchas forzadas gracias a inventos que transformarían por completo la forma de informarse y de relacionarse.

El telégrafo: la "Internet victoriana"

Como Internet, el telégrafo marcó un momento estelar de la humanidad. Junto con el ferrocarril, se convirtió en un medio de comunicación ligado al progreso.

Una mañana llegó un telegrama que tuvo a Sherlock Holmes desconcertado durante un cuarto de hora. Venía dirigido a él y decía lo siguiente: «Por favor, espéreme. Terrible desgracia.»
El regreso de Sherlock Holmes

En *La aventura del diablo*, Watson dice de Holmes: "Nunca se le vio escribir una carta cuando podía enviar un telegrama". Y no debería extrañarnos, pues ésta continuaba siendo la forma más popular de enviar mensajes personales de forma rápida. Los telegramas juegan un papel clave en algunas historias de Conan Doyle, como medio para resolver el caso. En *El perro de los Baskerville*, Sherlock lo utiliza para asegurarse de dónde está realmente Barrymore, el mayordomo de sir Baskerville. Le en-

vía uno para saber antes de la noche si está en su puesto o no. El primer telégrafo electromagnético de Inglaterra fue patentado en 1837 por William Cook y Charles Wheatstone. Ese mismo año, al otro lado del Atlántico, el estadounidense Samuel Morse inventaba su propio telégrafo y el código alfabético que llevaría su apellido.

La telegrafía era buen negocio para las empresas y para los usuarios. Este nuevo sistema de comunicación transformó de forma radical las comunicaciones y la sociedad. Ofrecía lo nunca visto hasta entones: recibir y enviar mensajes casi en tiempo real y entre puntos cada vez más alejados.

En la época de los correos electrónicos, los *smartphones* y las redes sociales, el telégrafo no parece gran cosa, pero en su momento supuso una revolución.

Su funcionamiento se basaba en la transmisión de un impulso eléctrico que combinaba sonidos cortos, llamados puntos, y sonidos largos, llamados rayas.

Las "serpientes" de las profundidades

El telégrafo no habría existido sin los cables submarinos, las "serpientes" de las profundidades como las definió Julio Verne en *Veinte mil leguas de viaje submarino*. El primero en proponer una línea bajo el agua fue un catalán, Francesc Salvà, allá por el siglo XVIII. Hacia mitad de la siguiente centuria, inmensos buques y una maquinaria sofisticada se dedicaron a sumergir enormes cantidades de cable telegráfico en el fondo de los mares. Mientras tanto, inversiones colosales creaban una red telegráfica mundial dominada por Reino Unido. Para 1881, más de la mitad de la longitud total de los cables mundiales correspondía a ese país, seguido, a distancia por Francia.

Deprisa, deprisa

La invención del telégrafo y su increíble expansión cambiaron por completo la percepción del tiempo. Podría hablarse de una percepción moderna del tiempo. Y la modernidad es inseparable de la prisa. Tictac, tictac, tictac... El tiempo desplegó sus alas y empezó a volar cada vez más deprisa. Al menos ésa era la sensación que debieron de tener los hombres y las mujeres de la era victoriana.

Las manecillas de los relojes se rindieron ante el torbellino de comunicaciones prácticamente instantáneas, con el telégrafo y el tren a la cabeza. Probablemente fue entonces cuando el ser humano empezó a vivir con prisa, a correr para aun así llegar tarde.

La cultura del "todo para ya", la aceleración del tiempo que marca nuestra era empezó en el siglo XIX.

Las mil y una posibilidades de un telegrama

- Poder casarse aunque a los novios los separasen miles de kilómetros.
- Enterarse de que un familiar estaba en fase terminal y llegar a tiempo para despedirse.
- Acelerar el tráfico de mercancías por tren. Los postes corrían paralelos a las vías.
- Avisar del avance de tropas o de la salida de un buque del puerto en dirección al frente.
- Interceptar mensajes que ordenaban grandes transferencias de dinero. Ayudaba a los ladrones a garantizar el éxito de un golpe.

El caso de John Tawell marcó un antes y un después en la historia de la justicia criminal, ya que, por primera vez, se usó la tecnología y la ciencia forense para declararlo culpable.

El telegrama: lo bueno si breve…

En 1845, la policía buscaba a John Tawell por haber matado a su amante. Durante su huida, fue visto en la estación londinense de Slough subiendo a un tren hacia Paddington. Se envió *ipso facto* un telegrama a la policía londinense con su descripción: «Viste de cuáquero con un gran abrigo hasta los pies y está en el último compartimento de segunda clase». Nada más llegar a su destino fue capturado y terminó siendo ejecutado. En su memoria, se apodó al telégrafo "los cables que ahorcaron a Tawell". Un dudoso honor. No sería la última vez que la policía usase la nueva tecnología en sus pesquisas.

Los periódicos: ¡noticias frescas!

Los periódicos modernos se popularizaron en el siglo XIX. A los británicos les interesaba lo que pasaba en Londres y en los confines del Imperio.

Hasta el siglo XIX, los periódicos no tenían por qué ser diarios, pues la inmediatez y la originalidad de los hechos no eran una prioridad. Las publicaciones se copiaban las noticias unas a otras, alimentándose de sucesos locales recientes y de informaciones nacionales e internacionales de meses atrás.

Así fue hasta que el telégrafo hizo llegar los hechos a las redacciones con inmediatez. Desde entonces, periodistas y editores anhelaban sacar a la luz lo último de lo último y se desató una pugna endemoniada por salir a la calle con una exclusiva, cuanto más suculenta, mejor.

Vender periódicos era el objetivo, aunque fuese publicando acontecimientos tergiversados o falsos. Ni más ni menos que lo que hoy llamamos fake news.

◆◆◆

El **creciente interés de los lectores** por saber lo que pasaba en el vasto Imperio hizo que la modesta oficina telegráfica de Paul Julius Reuter se convirtiese en una de las principales agencias de noticias del mundo.

La técnica al servicio de la prensa

En el siglo XVIII, el 80 % de la población no sabía leer, así que los lectores de "papeles periódicos" eran minoría. Para la siguiente centuria, la reducción del analfabetismo y las innovaciones técnicas mejoraron los métodos de recepción de noticias y los sistemas de distribución. A ello contribuyeron la mecanización de la imprenta, el ferrocarril y el telégrafo.

Se crearon empresas informativas rentables, como *The Times*, cuya redacción se instaló en 1785 en Fleet Street. "La calle de la tinta" acogió las grandes rotativas y se convirtió en el corazón de la prensa británica. Pero ya hace tiempo que los poderes financieros han sustituido a los periodistas y que las sedes de las grandes rotativas han sido ocupadas por bancos de inversiones.

Un detective bien informado

Para Sherlock Holmes, mantenerse al tanto de lo que sucede es esencial. Por eso lee la prensa. En varias ocasiones, los periódicos le proporcionan la información, el contexto y las pistas para poder avanzar en sus casos. En *El signo de los cuatro* sigue las noticias sobre el asesinato de Bartholomew Sholto y el robo del tesoro de Agra.

En *El regreso de Sherlock Holmes*, Watson relata: «Sin duda, el propósito de nuestra expedición era atraparle con las manos en la masa, y no podía sino admirar la astucia con la que Holmes había insertado una pista falsa en el periódico de la tarde, con el objeto de que el criminal creyese que podía continuar con sus planes con toda impunidad».

Up & Down: publicaciones para todos

El desarrollo de la prensa londinense fue espectacular. En 1856 había en Londres ocho periódicos matutinos. En 1900 ya eran 21. Tres factores jugaron a su favor: la abolición de las tasas y los impuestos que gravaban el timbre, la publicidad en prensa y los adelantos técnicos. Todo ello posibilitó que se abaratasen los costes, apareciesen nuevas cabeceras y creciesen las tiradas.

Había periódicos para todos los gustos y necesidades. Elitistas, que exhibían elevada calidad y elevado precio; populares, más baratos y sensacionalistas, y radicales, de contenido político y enfocados al proletariado.

Los dominicales buscaban entretener. Por eso incluían narraciones de crímenes y aventuras escandalosas, relatos novelescos, pasatiempos, humor... Los periódicos de los domingos facilitaron que surgiese la literatura popular y el nacimiento de la gran prensa de masas. Y que la gente de las clases más bajas fuese acostumbrándose a la lectura.

Diarios de referencia

No hay evidencias de que Holmes lea *The Times,* aunque se menciona en siete relatos. Sí las hay de que consulta las *agony columns,* la sección de anuncios personales. Él mismo publica algunos.

Aparte de *The Times,* en las aventuras de Sherlock se citan otros famosos diarios de la época:

- *The Standard.* Su década de oro fue la de 1880. En 1904 lo compró Cyril Arthur y pasó de ser un diario conservador a ser un diario liberal.
- *The Daily News.* El primer número apareció en 1846. Su creador fue el novelista (y también periodista) Charles Dickens, quien dirigió 17 números.
- *The Daily Telegraph.* Fundado en junio de 1855, con el tiempo bajó el precio y se convirtió en el primer "periódico de un penique" de Londres. Se relanzó en septiembre de 1855 y tuvo una gran acogida. En menos de un año, vendía más ejemplares que cualquier otro periódico de Inglaterra.

En 1877, The Daily Telegraph *pasó a ser el diario de mayor tirada del mundo, con 240.000 ejemplares.*

Reporteros en el frente

El auge de la prensa victoriana popularizó la figura del reportero. Uno de los más famosos fue William Howard Russell, considerado el primer corresponsal de guerra por sus crónicas desde Crimea para *The Times*.

La de la famosa célebre batalla de Balaclava, que se libró el 25 de octubre de 1854, empezaba así: «A las 11:00, nuestra Brigada de Caballería Ligera se precipitó hacia el frente». Y terminaba así: «A las 11:35 no quedaba un solo soldado británico, excepto los muertos y los moribundos, ante los sangrientos cañones moscovitas».

Nunca hasta la guerra de Crimea un diario inglés había contado tan claramente una derrota del país, ni un periodista civil había informado sobre un conflicto.

Los lectores distinguían fácilmente la gran diferencia entre los partes de guerra escritos por militares y los escritos por periodistas.

Roger Fenton y el fotoperiodismo bélico

El fotoperiodismo bélico nació en la guerra de Crimea de la mano de Roger Fenton, quien, a pesar de llevar consigo un carro acondicionado como cuarto oscuro, no pudo fotografiar la acción porque la fotografía se encontraba todavía en pañales e implicaba un proceso largo y laborioso.

Fenton hizo más de trescientos negativos que enseguida se exhibieron en Londres. Lejos de lo que podría pensarse, en las imágenes no aparecían ni muertos ni heridos, ni siquiera una gota de sangre, sólo soldados con trajes impolutos: oficiales que parecían auténticos héroes y soldados rasos durante sus ratos de ocio. Y unos y otros estaban posando.

Lo que se pretendía con estas fotografías era combatir la impopularidad de la contienda y las crónicas antibélicas de The Times.

◆◆◆

Alfred Harmsworth y el amarillismo

A finales del siglo XIX, Joseph Pulitzer y William Randolph Hearst protagonizaban en la Gran Manzana de Nueva York una guerra periodística por hacerse con más lectores. Estaban al frente de *The New York World* y *The New York Journal*, respectivamente. El "todo vale" les costó la crítica de los diarios considerados serios, que los acusaban de pagar para obtener exclusivas. Fue entonces cuando nació el término "periodismo amarillo".

Al otro lado del océano, Alfred Harmsworth tomó buena nota. Vio que el negocio no estaba en el coste de los ejemplares sino en la publicidad y que, cuantos más lectores, más generosos se mostraban los anunciantes. Así que se lanzó al sensacionalismo. El "Napoleón de la prensa" fundó *The Evening News, The Daily Mail* y *The Daily Mirror*.

The Daily Mail fue el primer diario en incluir páginas dirigidas al público femenino y artículos sobre temas de interés social.

Revistas:
las novelas por entregas

La literatura criminal nació en las revistas. Los lectores esperaban el nuevo capítulo como ahora esperamos la nueva temporada de la serie de moda.

Doyle ofreció a The Strand doce narraciones breves de Holmes tras el éxito de la publicación de sus dos primeras novelas en esta revista.

La era victoriana fue la de los magacines literarios, en los que pronto tuvo cabida la literatura criminal. La americana *Graham's Magazine* publicó *Los crímenes de la calle Morgue* de Edgar Allan Poe, mientras que *All the Year Round*, editada por Charles Dickens, incluyó obras de Wilkie Collins: *La dama de blanco* y *La piedra lunar*. Y *Once a Week* hizo lo propio con *El misterio de Notting Hill*, de Charles Warren Adams. Con el tiempo se irían añadiendo nuevos detectives de grandes autores: Agatha Christie, Graham Greene, G.K. Chesterton, Georges Simenon...

A la segunda va la vencida

The Cornhill Magazine rechazó la primera aventura de Holmes, *Estudio en escarlata*, por ser una "novelucha de un chelín". Doyle hubo de aceptar un solo pago de 25 libras para que apareciera en 1887 en el *Beeton's Christmas Annual*, que costaba justamente un chelín. Hizo un pésimo negocio, pues jamás recibiría un penique por ella, pero con la siguiente, *El signo de los cuatro*, dio en el clavo.

A la mesa con Oscar Wilde

Al director de la americana *Lippincott's Monthly Magazine*, John Marshall Stoddart, le había gustado *Estudio en escarlata* y quiso invitar al autor a cenar. La sorpresa de Doyle debió de ser monumental cuando se encontró en su mesa a Oscar Wilde. El editor les pidió que escribiesen una novela de misterio que publicar. La de Wilde se tituló *El retrato de Dorian Gray*; la de Doyle, *El signo de los cuatro*. La primera entrega apareció en febrero de 1890 y antes de concluir el año estaba en formato libro.

La publicación de El signo de los cuatro *animó a Conan Doyle a seguir tramando casos para Sherlock. ¿Quién sabe si de haber sido un fracaso como la primera habría protagonizado alguna historia más?*

❖❖❖

The Strand: el mejor magacín victoriano

Fundado en 1891, *The Strand Magazine* fue el más inolvidable de los magacines victorianos. Buscaba atraer público londinense de cualquier sexo, edad y condición. Mezclaba artículos, relatos breves y seriales con imágenes de los mejores ilustradores.

The Strand ofrecía narraciones para hombres (aventuras en rincones inexplorados del globo), mujeres (amor y romance) y niños (cuentos de hadas).

Presentaba humor, historia, sátira política, biografías y mucho más. Bajo el eslogan «Una revista mensual que cuesta seis peniques pero vale un chelín» y la batuta de George R. Newnes, cosechó una enorme fama. No todas las revistas pueden presumir de haber incluido entre sus colaboradores a la mismísima reina Victoria y a Winston Churchill. *The Strand* sí.

Beneficio mutuo

El mismo año del lanzamiento de *The Strand*, sus páginas recogían una aventura de Holmes: *Escándalo en Bohemia*. La revista convirtió a Conan Doyle en uno de los autores más populares y acabó siendo su colaborador más prolífico. Cincuenta y seis historias del detective aparecieron entre 1891 y 1927, muchas ilustradas por Sidney Paget.

La revista, por supuesto, también salió ganando, y mucho. Gracias a Sherlock halló entre los lectores de las novelas de detectives un público fiel. Sólo con la publicación de *El perro de los Baskerville* sumó treinta mil nuevos lectores.

A NEW STORY OF
SHERLOCK HOLMES.

ALMA
Books
for
smart
people.

SOUTHAMPTON
STREET

THE STRAND MAGAZINE

120 Literary Pages.

130 Illustrations.

Un autor con instinto comercial

Cuando *The Strand* inició la serie de doce narraciones cortas que formarían *Las aventuras de Sherlock Holmes*, el personaje caló hondo entre el público. El mismo Conan Doyle había sugerido que una serie con un solo personaje, en caso de enganchar a los lectores, les haría seguir comprando la revista.

Demostró tener olfato comercial, pues seis meses después de su primera aparición en el magacín, su principal atractivo para adquirirlo era la aventura de Holmes de turno.

El correo: cartas y carteros

La Royal Mail tiene más de cinco siglos a sus espaldas.
En el siglo XIX, las cartas se recogían y entregaban hasta
doce veces al día en determinadas zonas de Londres.

La emblemática Royal Mail inició su andadura como servicio postal en el año 1516, cuando Enrique VIII se sentaba en el trono. En el siglo XIX continuaba siendo muy eficaz.

Al servicio de Correos estatal no tardó en salirle competencia: el Messenger Service & Co. y sus bautizados como "mensajeros de distrito", unos personajes que se hicieron tan populares que aparecían en bastantes libros infantiles.

Los "mensajeros de distrito" protagonizaron un entretenido juego de mesa. Ganaba la partida quien llegaba a presidente de la compañía de telégrafos.

El cartero siempre llama dos veces

En el relato *El signo de los cuatro* se menciona la peculiar manera que tenían los carteros victorianos de llamar a las puertas, la tradicional doble llamada. Con el tiempo, ésta se reemplazó por el doble timbrazo, razón por la que James M. Cain tituló así su novela *El cartero siempre llama dos veces*, publicada en 1934 y a la que dieron vida en la pantalla grande John Garfield y Lana Turner, y más tarde Jack Nicholson y Jessica Lange.

Estos muchachos repartidores cobraban seis peniques por milla y ocho por hora. Sherlock Holmes utiliza sus servicios en varias de sus aventuras.

"Sobre" la pista del remitente

Cuando en *El signo de los cuatro*, la señorita Morlan plantea el caso a Holmes entregándole una carta, él le pide también el sobre. Se fija en el matasellos y en la calidad del papel ("sobres de a seis peniques el paquete") y con ello logra una pista inicial sobre el remitente anónimo.

¡Cartas para Holmes en el siglo xxi!

Cada año, la Royal Mail recibe miles de cartas dirigidas a Holmes y Watson y con la dirección 221b de Baker Street, Londres. Desde la década de 1930, el inmueble lo ocupa la Abbey National Building Society, que contrató a alguien (concretamente al "secretario" de Sherlock) para que se hiciese cargo de estas singulares misivas.

Cuando en el año 1990 se inauguró el Sherlock Holmes Museum en el 239 de la misma calle, se le asignó el número 221 pese a su ubicación real.

Muchas de las cartas a nombre de Sherlock Holmes son simples saludos, pero en otras se le pide ayuda para resolver algún misterio.

El teléfono: *smartphones* del siglo XIX

Hoy, los móviles nos brindan un sinfín de posibilidades. Los teléfonos del siglo XIX eran otra cosa, pero mucho más "inteligentes" de lo que podía parecer.

«**S**eñor Watson, venga aquí, le necesito.» Estas palabras constituyeron la primera conversación telefónica de la historia. Podría ser perfectamente la voz de Holmes pidiendo ayuda urgente a su inseparable amigo, pero no. Alexander Graham Bell le hablaba a su asistente, Thomas A. Watson, en la habitación contigua. Y no estaban en Londres, sino en Nueva York.

En realidad, el teléfono lo había inventado antes Antonio Meucci. Lo quería para conectar su oficina con su dormitorio y poder hablar con su esposa, postrada en cama a causa de una enfermedad. Meucci no tenía dinero para patentarlo y su aparato no trascendió. Graham Bell sí lo tenía y lo registró en 1876. A finales de la década siguiente, los primeros aparatos empezaron a ser un elemento más de los hogares más privilegiados.

En 1892, Bell inauguraría la línea telefónica que unía Nueva York y Chicago, separadas por casi mil trescientos kilómetros.

Aplicaciones a la carta

El teléfono se desarrolló como un medio de comunicación en un sentido amplio, una especie de pequeña estación de radio.

Quienes tenían la suerte de contar con uno podían acceder a una gran variedad de servicios de entretenimiento.

En Londres, estas aplicaciones las proporcionó a partir de 1895 la compañía Electrophone. Daba las noticias y retransmitía en directo las actuaciones de la Royal Opera House y misas desde las principales iglesias. Bastaba con que el operador conectase con Electrophone y pidiese lo que le apetecía escuchar.

No era un servicio barato: veinte libras al año, aproximadamente lo que costaba un sirviente. Por cinco libras, dos personas podían usar los auriculares del teléfono. Por una tercera persona, se pagaba una libra más.

En 1922, la BBC abrió su primera emisora de radio en Londres. Fue la muerte para Electrophone. Habría que esperar a Internet para volver a disfrutar de este tipo de servicios a través de la línea telefónica.

«Gracias al teléfono y a la ayuda de Scotland Yard suelo poder obtener lo fundamental sin dejar esta habitación. De hecho, la información de que dispongo confirma la historia de este hombre», dice Holmes en *La aventura del fabricante de colores retirado*, de 1926. Para entonces, el uso del teléfono se había extendido y probablemente Doyle pensó que ya era hora de instalar uno en el 221b de Baker Street.

EET AND WATERLO ILWAY
·BAKER·
·ST EET
ST
74, CHAN
ous Cur
BAKER
NERA OMNI

Los medios de transporte

El ferrocarril, el metro, los carruajes... El Londres holmesiano estaba en plena revolución de los transportes, que mejoraron hasta constituir uno de los pilares del desarrollo económico.

El metro:
"trenes en desagües"

La Metropolitan Line, el primer ferrocarril suburbano del mundo se inauguró el 10 de enero de 1863. Una de sus estaciones era Baker Street. ¿Te suena?

En 1854 se fundó la Metropolitan Railway Company. Costó sudor y lágrimas encontrar el capital necesario, pues los inversores temían que los túneles se hundiesen o que los pasajeros se ahogasen por el humo. Aun así, un grupo de ingenieros diseñó los *trains in drains* ("trenes en desagües"), una red subterránea de trenes de vapor para pasajeros. La Metropolitan Line se estrenó el 10 de enero de 1863, cuando vagones de madera iluminados con lámparas de gas llevaron a cuarenta mil personas a lo largo de cinco

Durante la Segunda Guerra Mundial, unas ochenta estaciones del metro londinense sirvieron de refugio a miles de personas que huían de los bombardeos alemanes.

¿Un transporte demasiado "democrático"?
Aunque casi todo el mundo estaba encantado con el nuevo transporte, el metro tuvo bastantes detractores, sobre todo usuarios adinerados que lo consideraban demasiado "democrático". ¡De ninguna manera podían viajar junto a albañiles o pescaderas! Sus quejas no trascendieron y la red se extendió con rapidez.

kilómetros durante dieciocho minutos. La primera jornada fue un rotundo éxito que iría *in crescendo*. En los seis meses siguientes, lo usaron a diario veintiseis mil pasajeros.

Viajar en tercera clase

En *Estudio en escarlata*, Watson le dice a Sherlock: «Me gustaría verlo encerrado en un vagón de tercera…». En un principio, estos vagones no tenían techo ni asientos y los pasajeros viajaban a la intemperie. En 1881 se ordenó cubrirlos. Aunque seis años más tarde, cuando se publicó la novela, habían mejorado bastante, aún eran muy poco confortables.

Un transporte de masas

Hasta principios del siglo XIX, la gente se veía obligada a vivir cerca de su lugar de trabajo, pero la red metropolitana facilitó los desplazamientos. Así, los obreros pudieron abandonar los barrios bajos del centro y la zona residencial se expandió. El transporte público pasó a utilizarse en masa.

El ferrocarril: la nueva moda viajera

Los victorianos y las victorianas se volvieron adictos al ferrocarril, que cambió por completo la forma de viajar y la concepción del tiempo y de la distancia.

El ferrocarril marcó un punto de inflexión en la historia de Gran Bretaña. El primero en circular cubrió en 1925 los 38 kilómetros entre Stockton y Darlington. Cinco años después, pasajeros y mercancías lo hacían de Liverpool a Manchester: 56 kilómetros en apenas hora y media, todo un logro para la época, pues las diligencias invertían tres horas. A la cabeza iba la locomotora Rocket diseñada por Robert Stephenson.

Los trenes juegan un papel esencial en la literatura victoriana. Ciertos recursos que dan mucho juego a la trama son, por ejemplo, encontrarse con un misterioso personaje en el compartimento o bajarse en una solitaria estación en plena noche.

La familia real sobre raíles

En las grandes urbes, las estaciones se levantaban a modo de catedrales. Las principales empezaron a funcionar en el siglo XIX. La de Paddington, que aparece en *El perro de los Baskerville*, está en el centro y es de 1838. A ella llegó cuatro años más tarde la reina Victoria desde Slough, una localidad cercana al castillo de Windsor. Iban a 44 millas/hora y, pese a sus recelos por la "excesiva" velocidad, la soberana no dejó de usar el ferrocarril para sus giras por el país.

En 2022, se inauguró un tramo en honor a su tataranieta Isabel II. La Elizabeth Line conecta el centro de Londres con el aeropuerto de Heathrow. Y es que la familia real británica ha conservado la afición de viajar sobre raíles.

Cuestión de clase

En un principio, los trenes eran lentos y bastante incómodos. Independientemente de sus orígenes y de su condición social, todos los pasajeros viajaban juntos. Hasta que llegaron la primera, la segunda y la tercera clase.
Los que podían permitirse pagarlo, disfrutaban de todas las comodidades, servicio restaurante y una elegante decoración.

En los lujosos vagones privados de la reina todo era de color azul, haciendo juego y al más puro estilo victoriano, o sea, recargado.

Viaje al infierno

Aunque el ferrocarril tuvo muchos fans, también acumuló críticas, entre ellas, sus efectos destructivos en la ciudad y cómo destrozaba el paisaje. Llevados por el habitual romanticismo de novelas y películas, en el siglo XXI probablemente idealizamos los trayectos en un tren a vapor. Pero viajar en uno en el siglo XIX no era tan cómodo.

Muchos pasajeros se lamentaban de la falta de espacio y del excesivo trasiego de gente moviéndose a toda prisa de aquí para allá, chocando en los estrechos pasillos. También eran comunes las quejas sobre el comportamiento vulgar de algún que otro pasajero.

A la Cámara de los Comunes llegaron bastantes denuncias sobre los trabajadores del ferrocarril: utilizaban un lenguaje obsceno, escupían en el suelo, cocinaban pescado en las salas de espera...

Años más tarde, novelas tan conocidas como Asesinato en el Orient Express, *de Agatha Christie, transcurren en un viaje en tren.*

◆◆◆

Especulación en tren: la burbuja del ferrocarril

Ante el asombroso desarrollo que suponía el nuevo medio de transporte, todo el mundo quería que el ferrocarril llegase a su ciudad y, por eso, muchos participaban en los cientos de empresas que se dedicaban a su construcción. En 1844 las compañías ferroviarias no dejaban de multiplicar sus ingresos y de recibir inversores. Todo el mundo esperaba sacar tajada. Desde parlamentarios y hombres de negocios hasta ciudadanos corrientes, invertían en proyectos que prometían pingües beneficios. Cada vez había más, pero no todos resultaban rentables, ni todas las acciones a la venta eran reales.

En la City circulaban rumores sobre contabilidades falsas.

El pánico se adueñó de los accionistas, que corrieron a deshacerse de todas las suyas. Las consecuencias eran inevitables: inversores arruinados y familias en la calle.

El Parlamento reveló la identidad de veinte mil especuladores que habían suscrito acciones ferroviarias por valor de dos mil libras cada uno para venderlas al día siguiente.

Carruajes: los "taxis" antes de los taxis

Mucho antes de que circulasen por Londres los inconfundibles Black Cabs, la ciudad estaba llena de vehículos para el transporte privado de pasajeros.

El "taxi" preferido de Sherlock es el coche Hansom, rápido y económico. Se movía tirado por un caballo, los dos pasajeros iban sentados en el interior y el conductor fuera, en lo alto de la parte trasera. Se comunicaba con ellos a través de una trampilla en el techo.

Los Hansom estuvieron activos hasta que llegaron los vehículos con conductor motorizados, ya en el siglo XX.

En 1895, más de veinte mil caballos trotaban por Londres arrastrando más de once mil coches.

Otro popular "taxi" de tracción animal era el ómnibus (del latín "para todos"), un transporte colectivo. El más habitual, el modelo

---

¡Cuidado con los "taxistas"!

Según la guía *Baedeker's Great Britain,* los cocheros londinenses no eran de fiar. Alertaba al viajero de que muchos eran "ladrones de lo más insolente" y que debía "resistir cualquier intento de que le cobrasen de más".

De Tivoli, empezó a circular en 1860. Entre ocho y diez personas viajaban en bancos a lado y lado del vagón, todos en el mismo habitáculo fuera cual fuera su origen social. Al menos al principio, pues con el tiempo el tamaño de las cabinas aumentó y acogían compartimentos de primera y segunda clase.

Los ómnibus empezaron a ser historia cuando en 1889 apareció en escena el tranvía eléctrico, imbatible por su velocidad.

Un lujo al alcance de pocos

El primer servicio de coches de alquiler de Londres, The Fellowship of Master Hackney Coachmen, vio la luz en 1654. Los carruajes se alquilaban por recorrido y las tarifas variaban bastante según el tipo de carruaje, su capacidad, la hora y la distancia del recorrido, pero solían ser bastante elevados. De hecho, su éxito fue fruto de las necesidades de los burgueses, no tanto de moverse como de aparentar. La nueva élite los consideraba, más que un medio de transporte, un símbolo de estatus. Por muy cerca que viviesen del teatro o del restaurante, la etiqueta exigía que llegasen en coche.

De un lado al otro del Támesis

En la época victoriana se realizaron obras para mejorar y aumentar el número de vías de comunicación entre ambas orillas del Támesis, una arteria vital.

Durante el reinado de Victoria I, se remodelaron varios de los puentes que ya existían: Battersea, Westminster y Blackfriars. Y también se construyeron otros nuevos. Éstos son tres de los más emblemáticos:

Albert Bridge (1873)

Se concibió como negocio: para cruzarlo habría que pagar un peaje. El suroeste de Londres se estaba desarrollando rápidamente, así que parecía que iba a ir bien, pero no fue nada rentable.

«A las once nos esperaba en la puerta un cuatro ruedas que nos llevó hasta el otro lado de Hammersmith Bridge. Aquí se le ordenó al cochero que esperara.»

Hammersmith Bridge (1887)

Está en el oeste y sustituyó a uno anterior que resultó insuficiente para soportar el peso del tránsito. Ha sido objetivo del IRA en tres ocasiones. Después de que se viese afectado por la ola de calor de 2020, en el verano de 2022, con Inglaterra en alerta roja por el calor extremo, se colocó papel de aluminio sobre las cadenas de pedestal. Debía reflejar el sol y evitar que la temperatura subiese y dañase la estructura.

Tower Bridge (1894)

Se concibió en una época de vacas gordas para descongestionar el tráfico. Medio basculante, medio colgante, su estilo neogótico emula al de la Torre de Londres. La idea era que pareciese más antiguo de lo que era. Conserva su maquinaria hidráulica original, aunque emplea aceite en lugar de agua, y los motores eléctricos han reemplazado a las máquinas de vapor. Sigue cumpliendo su objetivo y es uno de los espacios culturales más emblemáticos de Londres.

Adiós a los barqueros

Desde la Edad Media, los barqueros formaron una parte esencial de Londres. Se dedicaban a pasar gente de un lado a otro del río en sus modestas embarcaciones a remo. Debía de ser un trabajo agotador, pero no había otro modo de cruzarlo, salvo por algún que otro puente.

El negocio se les acabó cuando los barcos de vapor empezaron a surcar las aguas fluviales. No podían competir con ellos ni en velocidad ni en capacidad. Y, por si fuera poco, de vez en cuando el oleaje provocado por una de esas embarcaciones balanceaba o hundía alguna de las suyas. El primer servicio regular de barcos de vapor arrancó en 1816.

Tragedia a bordo

Aparte de por necesidad, los barcos terminaron utilizándose para el ocio. Y tampoco los de vapor estaban exentos de posibles accidentes. Uno antológico fue el que sufrió el *Princess Alice*, que en 1878 colisionó con otra embarcación. A bordo iban hombres, mujeres y niños que regresaban a Londres tras una excursión por el condado de Kent. Murieron seiscientas cincuenta personas. Los cuerpos se descompusieron o fueron arrastrados a la orilla.

Construcciones bajo tierra

Los ingenieros desarrollaron arriesgados proyectos que demostrarían lo avanzado de la tecnología, como el sistema de alcantarillado y un gran túnel subacuático.

Inglaterra alcanzó en el siglo XIX su apogeo, propulsado por dos revoluciones industriales. Ya se sabe que el avance tecnológico implica un coste y víctimas colaterales. Una de ellas fue el Támesis. A mediados del siglo XIX se había convertido en una cloaca. El crecimiento demográfico e industrial, el uso masivo de retretes con depósito, la prohibición de los pozos urbanos y la descarga directa de todas las aguas residuales lo contaminaron en tiempo récord.

La revista satírica *Punch* reprodujo en una portada una barca con un esqueleto remando rodeado de animales muertos. Cuando el volumen de aguas negras causó lo que se conocería como "el Gran Hedor", se tuvo claro que había que tomar medidas tan urgentes como drásticas.

El Metropolitan Board of Works impulsó la construcción de dos inmensas alcantarillas a lo largo del curso fluvial para recoger y desviar las aguas residuales hacia Beckton y Crossness. La red de alcantarillado se hizo realidad en la década de 1860. Y la pestilencia desapareció.

Las altas temperaturas del verano de 1858 en Londres, intensificaron, todavía más, la descomposición de los desechos. El olor era insoportable, los asiduos pescadores del Támesis dejaron de frecuentarlo y la vida cotidiana de la ciudad se vio muy afectada por el olor pestilente y nauseabundo.

De túnel a feria

Para 1843 estaba listo el primer túnel subacuático de la historia moderna, un hito de la ingeniería civil. Su artífice, Marc Brunel, concibió un proyecto ambicioso, pero también desastroso. Para empezar, durante su construcción se hundió varias veces, causando algunas muertes. Y, para más inri, a nivel financiero supuso un desastre para los inversores. Uno de ellos era el duque de Wellington, flamante héroe de guerra y primer ministro en dos ocasiones. Por otro lado, el dinero no alcanzó para incluir las rampas por las que debían pasar los vehículos con carga.

¡Pasen y vean!

El túnel subacuático, que había de ser una arteria esencial para el transporte, acabó siendo un paso peatonal convertido en atracción turística. Lo frecuentaban magos, contorsionistas y tragadores de sables… ¡Señores y señoras, pasen y vean la primera feria subterránea!

Las drogas

*Con todo su puritanismo, en la sociedad
victoriana circulaban las drogas: desde la cocaína
o el opio hasta los cigarrillos, aunque durante
mucho tiempo todo el humo salía de las pipas.*

Opio:
"la aspirina del siglo XIX"

Considerado la panacea contra un montón de dolencias, el consumo de opio estaba a la orden del día. Inglaterra aprovechó un negocio que le costó dos guerras.

¿Láudano milagroso?

Al láudano recurrió, entre otras muchas personas, Robert Clive, el militar cuya actuación resultó decisiva para el dominio británico sobre la India. Pretendía combatir sus cálculos biliares, pero no debió de darle demasiado buen resultado, pues acabó suicidándose, incapaz de soportar más el dolor.

Conocido desde la Antigüedad, el consumo de opio tuvo un gran auge a partir del Renacimiento, cuando empezó a considerarse una medicina milagrosa que, aparte de curar, proporcionaba un placentero estado de bienestar. En el siglo XIX sólo recibía elogios gracias al poder de su principal ingrediente activo: la morfina. Podía ingerirse en forma de píldoras edulcoradas, pues su sabor es amargo, pero se popularizó en forma de láudano, un bálsamo hecho a base de opio y sustancias como el almizcle, el beleño y el ámbar. Servía de analgésico y relajante, y se recetaba hasta para ayudar a dormir a bebés. Era un "curalotodo," tan habitual que se le conoce como "la aspirina del siglo XIX".

Los médicos recomendaban opio contra el catarro, el asma, el cólera, el sarampión, la gota, la disentería... incluso para aumentar el tamaño del pene.

◆◆◆

Gracias al láudano, el opio se convirtió en la medicina de las clases altas, pues en su elaboración se usaban ingredientes caros. Con el tiempo, se "democratizó", se vendía en boticas y su consumo creció sin freno.

Estaba claro que el opio provocaba adicción y que muchos consumidores alegaban supuestas enfermedades como excusa para tomarlo. Bastantes buscaban calmar su ansiedad y estimular la imaginación, lo que hizo que artistas y escritores se aficionasen a él. Otros, los más desfavorecidos económicamente, lo usaban para recuperarse de las agotadoras jornadas en la fábrica o la mina.

Estimulación mejor que sedación

El comercio de opio no halló ninguna traba hasta la Convención Internacional del Opio, de 1912. Como cualquier moda, acabó pasando y sus seguidores empezaron a preferir la estimulación de la cocaína a la sedación del opio. Y eso parece preferir Holmes.

El opio del pueblo

Desde 1821, a raíz de la publicación de Confesiones de un fumador de opio, *de Thomas De Quincey, la demanda de opio se extendió hasta triunfar entre la aristocracia.*

Este crecimiento vertical no volvería a verse hasta la irrupción de la cocaína. Sin embargo, no todos sus consumidores eran ricos y famosos, pues más de la mitad de los obreros lo consumían a diario. Para los de abajo era una forma de olvidar su penosa y difícil existencia. Para los de arriba, un divertimento.

Dos guerras, dos victorias

El comercio de opio entre la India y China era crucial para la economía británica. La independencia de Estados Unidos y su competencia con China habían afectado negativamente a la economía del país y, para recuperar el dominio del comercio de té, Inglaterra introdujo el narcótico en China.

Para ello promocionó en la India el cultivo de adormidera, la planta de la que se extrae, para luego procesarla en factorías de la Compañía de las Indias Orientales. El opio acababa distribuido por toda China, que intentó frenar las importaciones. Eso desembocó en una guerra, mejor dicho, en dos. Ambas las ganaron los ingleses y las importaciones a China aumentaron exponencialmente.

Los fumaderos: ¿antros de perversión?

En China, el tabaco se fumaba y los fumaderos se convirtieron en uno de los estereotipos con los que Europa imaginaba un Extremo Oriente vicioso y depravado. Cuando la inmigración los trajo a Occidente, ejercieron una morbosa atracción que se ocupó de alimentar la literatura. Un buen ejemplo es *El misterio de Edwin Drood* (1869) de Dickens. Libros y prensa los mostraban como antros de perversión.

Entre los fumaderos más afamados de Londres se encontraban los de Whitechapel. Posiblemente, Conan Doyle conocía el más popular de la ciudad, regentado por un inmigrante chino llamado Ah Sing. Sus clientes eran en su mayoría marineros de su misma nacionalidad, aunque también lo frecuentaban caballeros y literatos de primera fila. El fumadero de Ah Sing aparece en la novela de Dickens.

Pese a todo, las cosas no eran como nos han hecho creer. En primer lugar, el Londres del siglo XIX contaba con menos fumaderos de lo que se ha dicho, en gran medida porque la Ley de Farmacia de 1868 restringió la venta de opiáceos. Por otro, muchos adictos no respondían a la imagen de un inmigrante fumando en una estancia sombría. Podían ser personas a las que se había prescrito láudano.

En varias ocasiones, se hace referencia al opio como una droga utilizada por personajes secundarios en las historias. Por ejemplo, en el relato El hombre del labio retorcido, *Holmes se hace pasar por adicto mientras lleva a cabo una investigación.*

Cocaína
contra la depresión

Sherlock toma cocaína, un hábito nada extraño en su época. Puede hasta que la usase para levantar el ánimo o combatir una molestia odontológica.

L a cocaína, un alcaloide de la planta de la coca (*Erythroxylum coca*), fue aislada por primera vez en 1859 por Albert Niemann. Apenas dos años después de ser descubierta, un médico vienés, Friedrich Schroff, la experimentó consigo mismo. Al principio se sintió eufórico, pero al rato le entró el bajón.

Fue por entonces cuando la farmacéutica Merck empezó a fabricarla, en cantidades reducidas y a un precio muy alto. Se suponía que era sólo para investigar, pero todo cambió cuando Sigmund Freud estudió sus efectos. El padre del psicoanálisis defendía sus beneficios para tratar la depresión y las molestias gástricas de tipo nervioso, así como la adicción a la morfina y al alcohol. Y, según él, era un eficaz anestésico. Aun así, se comercializó principalmente para combatir la gota y el dolor odontológico en niños. Dadas sus nuevas aplicaciones, el comercio de cocaína sufrió un *boom* a escala internacional.

Con el tiempo se usó, además de para fines médicos, para fines recreativos.

La producción de cocaína se disparó hasta las 6,2 toneladas a finales del siglo XIX y volvería a aumentar a principios del siglo XX hasta alcanzar las 10.

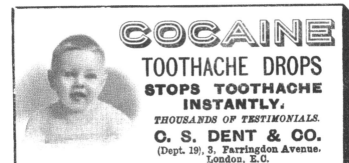

¿Un detective adicto?

Watson describe en el arranque de *El signo de los cuatro* la peculiar afición de su compañero y amigo. Sherlock toma cocaína en una solución del "siete por ciento" y le confiesa al doctor que lo hace para combatir el aburrimiento. Posiblemente sea cierto, porque lo deja en cuanto tiene un caso entre manos.

Inyecciones

El primero en usar cocaína en una inyección fue un médico, William S. Halsted, en 1884. Teniendo en cuenta que las aventuras de Holmes empezaron en 1887, el hecho de que su protagonista se inyectase esta droga no sería un anacronismo. Además, para cuando se escribió *El signo de los cuatro*, en 1890, ya hacía tres décadas que se conocían las inyecciones hipodérmicas de morfina.

Tabaco:
el placer de echar humo

Holmes fuma en pipa, como su creador y como tantos británicos del siglo XIX. Los cigarrillos tardaron en imponerse, pero al hacerlo no les faltaron seguidores.

La demanda de tabaco creció al tiempo que su precio aumentaba. Sólo los más acaudalados podían permitírselo.

Pasó a ser un gran negocio internacional gracias a los marineros, que extendieron la costumbre de echar humo por todo el mundo. Aunque sólo un país parecía consumirlo por el mero placer de fumarlo: Inglaterra.

A finales del siglo XVI, su consumo se había extendido por toda Europa. En la Corte de Isabel I fumar era sinónimo de aventura, el hábito se impuso y las empresas corrieron a invertir en los cultivos de las nuevas colonias en América. El descontento de éstas con la metrópolis iba en aumento cuando Thomas Jefferson, plantador de tabaco y tercer presidente estadounidense, contribuyó a trazar los argumentos de los colonos, que desembocaron en una Declaración de Independencia (1776) en la que muchas quejas se referían al tabaco, piedra angular del comercio ultramarino.

Cada vez que atacaban galeones españoles, corsarios como Walter Raleigh y Francis Drake regresaban a su país cargados de tesoros y de tabaco.

Mejor en pipa

Cada vez fumaba más gente, sobre todo en pipa. Los cigarrillos no fueron muy relevantes hasta finales del siglo XIX y su fabricación en serie permitió poner el tabaco al alcance del ciudadano de a pie. En Inglaterra, el auge comercial y el precio más bajo llevaron a muchos jóvenes a iniciarse en el hábito.

«—¿Qué va a hacer usted, entonces? —le pregunté.
—Voy a fumar —respondió—. Este problema se merece tres pipas enteras, y le ruego que no me hable durante los próximos cincuenta minutos —dijo Holmes.»

Cosa de hombres con dinero

Los varones victorianos, concretamente los de clase media y alta, eran expertos en el hábito de fumar, que se usó como herramienta de discriminación social y sexual, pues estaba reservado a los hombres.

El tabaco se relacionaba con el ingenio y a las mujeres no se les suponía demasiado. Darwin fumaba e inhalaba rapé y Conan Doyle describió a un Sherlock empedernido fumador de pipa. En ambos casos, se suponía que el tabaco los ayudaba a pensar. Por eso ellas lo tenían vetado.

El Londres más oscuro: crímenes y secretos

Mientras el Imperio británico intentaba llevar luz al mundo, en Londres, la ciudad de la niebla, los delincuentes campaban a sus anchas en una urbe cada vez más poblada.

Policías, detectives y ladrones

El Londres victoriano, el del progreso, parecía un lugar seguro, pero los casos de robo y homicidio llenaban las oficinas de la recién nacida Scotland Yard.

Scotland Yard es una de las policías más antiguas del mundo. Conocida como The Yard, empezó siendo un lugar y terminó siendo el nombre de los detectives de la London Metropolitan Police.

La denominación procede del primer cuartel, situado en el número 4 de Whitehall Place, que había sido residencia de los reyes de Escocia antes de que en 1707 el Acta de Unión unificase ambos países en uno solo: el Reino de Gran Bretaña.

En 1890, pasó a ocupar unos edificios en Victoria Embankment desde 1967, la rebautizada New Scotland Yard está en el número 10 Broadway, SW1.

Detectives contra el crimen

El Departamento de Detectives de la Policía Metropolitana de Londres se encarga de investigar delitos. Empezó sus andanzas en 1842.

Al principio sólo había en plantilla dos inspectores y tres sargentos que vestían de civil. En 1878, cuando era evidente la corrupción de los oficiales, se reorganizó y renombró como Departamento de Organización Criminal de Scotland Yard, CID, por sus siglas en inglés.

La policía del Támesis

Formalmente se llamaba División del Támesis de la Policía Metropolitana y se fundó en 1839. Sus miembros, los *Wet Bobs* (policías mojados) patrullaban en botes de remos. En 1910 les suministraron los primeros barcos a motor.

Los Irregulares de Baker Street

Los Irregulares de Baker Street, también conocidos como los Baker Street Boys eran chicos que pululaban por las calles de Londres y a los que nadie prestaba atención pero proporcionaban valiosa información a cambio de un chelín. Éstos se convirtieron en una especie de red de inteligencia informal para Holmes y aparecen en numerosas ocasiones en las novelas de Conan Doyle.

Los Irregulares también es el título de una serie de 2021 cuyos protagonistas investigan crímenes sobrenaturales para Sherlock y Watson. Eso sí, hay diferencias con los originales: son adolescentes en lugar de niños y no los lidera el pilluelo de Wiggins, sino una chica de diecisiete años.

Los *bobbies*

Robert Peel creó el primer cuerpo policial británico en 1829. Sus policías se llamaban *peelers* o *bobbies* (por el apodo de Peel).

En el original inglés, a los Irregulares se los llama Street Arabs, *según una teoría porque, como los árabes, son nómadas sin domicilio fijo.*

Adam Worth:
"el Napoleón del crimen"

El detective de Scotland Yard Robert Anderson bautizó a Worth "el Napoleón del crimen" y, haciendo un guiño, Doyle apodó igual a Moriarty.

Para crear el personaje de Moriarty, Doyle se inspiró en un genio del crimen de carne y hueso: Adam Worth. Nadie sospechaba que aquel hombre de apariencia respetable y amante del arte controlaba los bajos fondos de Londres y lideraba una enorme red especializada en robos y falsificaciones.

Ambos eran manipuladores y se mantenían alejados de sus crímenes. Pero, a diferencia del profesor, Worth rechazaba la violencia y trataba bien a sus hombres. De

hecho, sólo cumplió condena porque lo pillaron cuando iba a ayudar a uno de ellos.

Pinkerton: el ojo privado

En *El valle del miedo*, Doyle presenta a un agente secreto de la agencia de detectives creada por Allan Pinkerton, escocés como él. El cartel de la puerta con la frase «Nunca dormimos» junto a la imagen de un ojo dio origen a la expresión *private eye* (ojo privado) para referirse a los detectives.

Un caso real para... Conan Doyle

En 1903, Samuel Herbert Dougal fue acusado de la desaparición de Camille Cecile Holland. Cuando los periodistas preguntaron a Doyle su opinión, éste afirmó que ella estaba muerta y su cadáver en el foso de la mansión que ambos habían compartido. Acertó y el culpable acabó en la horca.

Novelista sospechoso de asesinato

Más de un siglo después de la muerte de Conan Doyle, Rodger Garrick-Steele le acusó de homicidio. Según él, el origen de *El perro de Baskerville*, de 1899, está en *Una aventura de Dartmoor*, escrita un año antes por un amigo del escritor, el periodista Bertram Fletcher Robinson, muerto en extrañas circunstancias.

Su teoría era que el novelista lo había matado para ocultar el robo del manuscrito. La policía de Scotland Yard desestimó las acusaciones.

Ciencia y seudociencia

Nuevas técnicas científicas, como las huellas dactilares, y otras poco "serias", como el espiritismo, se pusieron al servicio de la investigación policial.

La acelerada expansión de las grandes ciudades inglesas, en especial de Londres, conllevó un considerable aumento de los delitos.

Los primeros cuerpos de policía destinados a investigar crímenes nacieron casi con el siglo XIX y con ellos surgió la necesidad de emplear nuevas técnicas de investigación. Los avances más destacados se dieron en tres campos: el uso de confidentes, la recopilación de características de los "tipos" criminales y el análisis científico del material forense recogido en la escena del crimen.

Nuevos métodos de identificación policial

* **Restos de sangre.** En 1900, el biólogo Karl Landsteiner clasificó las muestras sanguíneas en tres grupos: A, B y O. Más tarde se identificaría un cuarto: AB. Conan Doyle debía de estar al tanto de estos avances, pues en *Estudio en escarlata* Sherlock habla de ello con su compañero.
* **Huellas dactilares.** Debemos su creación al antropólogo Francis Galton, primo de Charles Darwin. Scotland Yard tuvo su oficina de huellas en 1901.

1. Reflexivo   2. Codicioso   3. Honesto

4. Manipulador   5. Impulsivo   6. Desleal

Frenología: cerebros malvados

En el siglo XIX se creía que la forma del cerebro, del cráneo, marcaba el comportamiento de una persona. En eso se basa la frenología ("estudio de la mente").

En la era victoriana acumulaba muchos seguidores, entre ellos Conan Doyle, que incorporó "rasgos criminales" en sus personajes malvados: corpulentos, con frente estrecha y barba...

Los nazis usarían la frenología para probar la superioridad racial.

Los forenses también se equivocan

En tiempos de Conan Doyle, Gran Bretaña dio importantes forenses. El más famoso fue Bernard Spilsbury, cuyos análisis llevaron a condenar a asesinos tan famosos como Harvey Crippen, detenido por haber matado a su mujer. Spilsbury halló restos de tejido cicatrizal que correspondían a los de una operación a la que ella se había sometido. Crippen fue ahorcado, pero un siglo más tarde los análisis de ADN revelaron que los restos eran de un varón.

Un fan del espiritismo se cree un cuento de hadas

En la última etapa de su vida, Conan Doyle se interesó por fantasmas y médiums y terminó siendo el hazmerreír de periodistas y escritores.

En 1917, dos niñas aseguraron haber fotografiado a unas hadas en un bosque cerca de su casa en Cottingley, Yorkshire. Doyle se lanzó a investigar y concluyó que las imágenes eran auténticas. Cayó de cuatro patas en el engaño, pues se trataba de un burdo montaje, ya que las imágenes se habían falsificado.

El escocés ya había manifestado su interés por lo metafísico a través de la literatura. *El cuento del americano*, de 1880, trata sobre una planta que liba sangre y, para cuando apareció en 1924 *La aventura del vampiro de Sussex*, ya estaba obsesionado con el tema. Dos años más tarde publicó un libro esencial sobre el tema: *Historia del espiritismo*.

Conan Doyle contra Houdini

Compartir afición por la comunicación con los muertos llevó al escritor a trabar amistad con el escapista Houdini. En una sesión espiritista en la que la mujer de Doyle ejercía de médium, ésta transcribió en papel supuestos mensajes de la difunta madre del mago. A Houdini, nada de aquel escrito le cuadraba. Para empezar, estaba en inglés y su madre, húngara, no hablaba ni una palabra. Además, se refería a él como Harry, su nombre artístico que ella jamás usó, pues le llamaba por el de pila: Erich. Y, por si fuera poco, no incluía ninguna referencia personal.

Mago y escritor pasaron de amigos a enemigos y protagonizaron un sonado enfrentamiento ideológico que se plasmó en declaraciones cruzadas en la prensa.

Fraudes de videntes y médiums

Houdini declaró la guerra abierta a los espiritistas, aparcó su carrera y se centró en denunciar los fraudes de videntes y médiums. Su libro *Un mago entre los espíritus* se situó en las antípodas del de Arthur Conan Doyle *Historia del espiritismo*.

¿Alguien ha visto a Agatha Christie?

El 4 de diciembre de 1926, todos los periódicos ingleses exhibían la misma noticia en portada: Agatha Christie había desaparecido misteriosamente.

Conan Doyle quiso ayudar en la investigación. La policía le entregó un guante de la novelista y se la dio a una médium que no sólo confirmó que Agatha seguía viva, sino que se atrevió a pronosticar el día exacto en que darían con ella. Dicho día se la encontró sana y salva en un hotel de Yorkshire.

Las sociedades secretas

Hablar de la era victoriana es hablar de masonería, aunque ésta no fue la única sociedad secreta de la que Conan Doyle se hizo eco en sus historias.

La masonería moderna surgió en Londres en 1717 y creció rápidamente. Cada localidad tenía su propia logia. Con el tiempo, empezaron a sumarse cirujanos, abogados, comerciantes... y casi todos los grandes personajes de la época, empezando por el hijo de la reina Victoria, el futuro Eduardo VII. Para un británico de bien, era casi una obligación pertenecer a alguna logia.

Conan Doyle no escapó de la moda de ser masón. Conocer la organización desde dentro debió de ayudarle a plasmarla en las historias de Holmes. Las alusiones a la masonería están presentes en cuatro de ellas, empezando por *Estudio en escarlata*.

El Ku Klux Klan: capuchas y cruces

En 1724, cuatro logias inglesas se unieron en una sola a nivel nacional. Su secretismo aumentó aún más los recelos hacia la organización.

No sabemos si sus miembros enviaban semillas de naranja como advertencia a sus víctimas, como en una de las historias de Sherlock, pero sí que nunca tres letras habían dado tanto miedo.

El KKK, surgido en Estados Unidos tras la guerra de Secesión (1861-1865), adoptó la costumbre de quemar cruces y copió el uniforme encapuchado del film *El naci-*

miento de una nación, de D. W. Griffith, una apología del Ku Klux Klan. Su estreno en 1915 provocó enfrentamientos entre detractores y defensores.

La Mano Negra: la protección tiene un precio

Bastantes de los del medio millón de italianos que llegaron a Nueva York entre 1880 y 1910 aceptaron pagar a organizaciones criminales italoamericanas a cambio de protección.

Una de ellas era la Mano Negra, que en 1908 puso una bomba en el banco italiano Pasquale Pati & Son, no para robar sino como advertencia al dueño, que se había negado a ceder ante la banda. Quizás Doyle se inspirara en ese incidente para la amenaza al jefe de Gennaro en *La aventura del círculo rojo*, publicada tres años después.

Los "Mollies": mineros desesperados

Para los batidores de *El valle del miedo*, Doyle se inspiró en los Molly Maguires, una sociedad secreta irlandesa con miembros activos en Liverpool y Pensilvania. En este estado eran unos tres mil mineros del condado de Schuylkill. Se les suponen palizas y asesinatos a propietarios de minas, en venganza por las pésimas condiciones en que debían trabajar.

Adoptaron su nombre del de una viuda irlandesa que se resistió cuando las autoridades quisieron echarla de su cabaña: «¡Toma eso de parte de un hijo de Molly Maguire!», gritaban. Fueron reducidos en 1876.

Un "mollie" en la pantalla

En la película *The Molly Maguires,* Sean Connery interpreta a John "Black Jack" Kehoe, uno de sus líderes. Fue ejecutado en 1878 e indultado póstumamente, en 1979.